春が来て

遠藤風琴
ENDOU Fuukin

句集

東京四季出版

序

遠藤風琴さんと俳句との出合いは、令兄ご夫妻とご主人との四人でカナダ旅行をされた時、紅葉のあまりの美しさに感動して、思わず五七五の俳句を口遊まれたのが初めてであったという。それ以来、風琴さんは堰を切ったように俳句を作られるようになり、「岬」「若葉」「栃の芽」に投句されるようになった。

私が、風生先生がご存命中に俳句は詠まれなかったのですかと伺うと、その頃は、富安家での句会の準備や家事、風生先生ご夫妻の避暑・避寒の折の留守居などで忙しく、その後も、ご実家のご両親や風生先生ご夫妻のお世話や看護で忙しく、ゆとりが無かったとのことであった。

とはいっても、風生先生のお傍近くに何十年もいらっしゃって、俳句や句会の雰囲気に染まらない筈はない。カナダの美しい自然に接して、思わず句が浮かんだのも、それまでの俳句の蓄積があったからであろう。

句集『春が来て』は「父母思ふ」の章から始まっているが、ご家族への愛がこの句集の一つの柱になっている。

金婚の夫と初富士拝しけり
もうここに蕗の薹出て母恋し
父の手と似てきし我が手水を撒く
桑の実や母やすらかにまどろめり
小春日や双子の無事に誕生す
猫が好き俳句大好き風生忌
子も孫も背負ひ育てし木の葉髪
門火焚く炎の中に父母在す
臨終の母の看取りの明易し

姉妹の母の年越え女正月

「もうここに」の句は、お母様を詠まれた句である。早春、大地から蕗の薹が頭を覗かせると、真っ先に思い出されるのが生家のお母さんなのだ。蕗の薹の幾重もの苞に包まれた萌黄色の花芽には、赤子がお包《くる》みにつつまれた感じがあるし、大きな葉には庇護してくれる頼もしさがある。「猫が好き」の句は、いうまでもなく風生先生を詠まれた句である。風生先生は小動物を愛されたが中でも猫がお好きで、猫の名句を何句も残されている。俳句は心底お好きで、俳句の楽しさを知ってもらおうと多くの弟子を育てられた。作者もその心を継がれて、出逢う人毎に俳句の楽しさを話されている。作者の風生先生に対する深い思いは、『富安風生全集』の出版、風生庵の設立となって実を結んだ。

「子も孫も」の句には、お子さんやお孫さんをおんぶ紐で背負って働きながら育てられた時代のご苦労がよく出ている。今の若いお母さんなら赤ちゃんは胸の前に抱えるのだろうが、昔は働きながら育てねばならず、子は背負わなければならなかったのである。

作者の家族に対する愛情は、家庭内だけでなく、外のいとけない対象に向かっても注がれる。

やはらかき幼子の髪水温む
売られゆく牛の眼やさしすみれ草
氷原に母追ふ熊のいとけなく
甘え寄る斑のまだ淡き鹿の子かな
七五三手を引く母の身ごもれる
太刀持ちの子役むずむず蝶の昼
頭撫で鵜縄たくみにかけにけり

「売られゆく」の句は、飼主の手を離れて売られてゆく牛の優しい眼を描いて、何も知らない牛の哀れを表現している。「すみれ草」が牛が連れられてゆく道の情景を表すとともに、いたいけな子牛であることを暗示している。「太刀持ちの」の句は、歌舞伎座の舞台での景であろう。主君の傍で太刀を捧げ持っている小姓役の子役がじっとしていられず身動きするさまを、慈しむように見つめている。

私が上智大学コミュニティカレッジで講師をしていた頃、受講生であった風琴さんから伺った言葉を忘れることができない。熱心な受講生であった風琴さんが休まれることがあって、暫くして出てこられた時、「難病を患って手術し、命拾いしました。これからは思い残すことのないように、やりたいことは何でもやってみようと思います」と仰ったのだ。

その言葉どおり、風琴さんは世界中を旅され、北極や南極にまで足を運ばれた。また、ご自分がしたいと思うこと――ヨガ・水泳・ダイビング・パラグライダー・観劇・茶道・朗読など――に次々と熱中された。

人は誰でも夢を持つが、それを実現できる人は少ない。が、風琴さんは、何事にも怯むことなく挑戦し、実行されてゆくのだ。それは風琴さんがお持ちの童女のような純真さと、活潑さがなせる業であろう。いつお会いしても風琴さんは生気に溢れている。

まず、海外詠の句から眺めていってみよう。

山深くヨガ巡礼や月赤し
雲の峰ウルルに神の在せる
水の都ベニスの夏の野菜船
緑濃き朝より忙しウォール街
カーテンを閉ざし白夜を眠りをり
要塞の火炎樹燃ゆる馬車を駆け
暖炉燃えカナダの遅き夜明けかな
雪原に生きて孤高の雄熊かな

「山深く」の句はインドへヨガの修行に行かれた時の句である。インドの山深くの洞窟に住むヨガの聖者を訪ねて、その道場に寝泊まりして修行されたのだ。「月赤し」が、自然の中での行法と神秘性を表している。「水の都」の句はいうまでもなくイタリアのベニスでの作である。小島をつなぐ縦横の運河をモーターランチやゴンドラが往来し、夏になると、野菜を売る船も通うのであろう。「野菜船」が、ベニスの夏の涼しさを運んでくる。

次に、作者が打ち込まれたスポーツや趣味の句を取り上げてみよう。

秋潮に人魚のごとく潜りけり
年重ねなほ美しく泳ぎたし
パラグライダー触れさうに過ぐ雪解富士
朧夜の藤十郎のお初美し
顔見世や母の形見の帯締めて
寸劇の爺さまになるも梅のころ
正客や良寛釜の風炉点前

あかつきのヨガの倒立草の花

「秋潮に」の句はダイビングを詠まれている。その次の句に「年重ねなほ美しく泳ぎたし」があるように、作者は水中で泳ぐ時はいつも美しいポーズで泳ぎたいと思うのだ。そして、水中に潜る時には、人魚のように泳ぎたいと思うのである。「朧夜の」の句は「曽根崎心中」を観劇した時の句で、坂田藤十郎演ずるお初の所作の美しさに感動されたのだ。「朧夜」の季語が、お初の艶っぽさを醸しだしている。

俳句の基本は、写生と季語であるといっていいであろう。二十年にわたる俳歴の中で、作者は写生の力を育まれ、季語の使い方を磨かれてきた。

大海の一粒の泡ダイビング
一つ咲き一つは錆びし朴の花
草踏めば湧き出づるかに虫の声

たまゆらの光を集め梅ふふむ
石庭の影みなゆがむ蟬時雨
光りては飛竜となりて滝落下
凍鶴の深き眠りに身じろがず

ひたむきな真砂女の一世雛の日
花榕渡り窯師の無縁墓
ひともとの枝垂桜や皇后陵
和顔施てふ仏の教へ沙羅の花
梅雨兆す紅殻壁の裏通り
デイゴ燃え今日また祈る沖縄忌
春塵の書架に初版の「羅生門」

前半には優れた写生句を、後半には季語の生かされた句を上げた。
「大海の」の句は外国での作であろう。真っ青な海に、ダイバーが吐く泡が一つ浮かび上ったのだ。「ダイビング」という季語を用いて、広大な海と人間の小ささを表現して見事である。「光りては」の句は、日当りながら落下している滝の姿を飛竜に喩えて詠んでいる。飛竜は天へ昇ってゆくものだが、激しく落ちる水は時として竜が昇ってゆくように見える。そう捉えたのも、写生の目が働いているからである。

「ひたむきな」の句は、俳人鈴木真砂女の生涯を雛の季語に托して詠んでいる。真砂女は老舗旅館の三女として大事に育てられたが、家庭生活においては不幸であった。ひたむきさが不幸を招いたこともある。真砂女の句に「ふるさとの蔵にわが雛泣きをらむ」があるが、生家で雛を飾ることの少なかった真砂女の悲しみが伝わってくるようだ。「デイゴ燃え」の句における主季語は「沖縄忌」であるが、副季語として使われているデイゴの花がよく生かされている。真っ赤なデイゴの花は正に燃えるようで、沖縄戦の砲火を思い起こさせる。「今日また祈る」に、作者の死者を悼む気持が深く込められている。

句集『春が来て』は、作者の米寿を自祝する句集でもある。風琴さんがこれからもお元気で、長命でなければ詠めない新しい句に挑戦されんことを願って、筆を擱かせて頂きたいと思う。

令和四年二月

「若葉」主宰　鈴木貞雄

目次

装画 貼り絵　藤田　桜
装画撮影　萩原哲平
装幀　髙林昭太

句集

春が来て

はるがきて

父母思ふ

平成十三年～二十年

金婚の夫と初富士拝しけり

初夢に見たきは母のことばかり

日の丸をまづは掲げて春迎ふ

成田屋のおはこ助六初芝居

菰内にはやゆるび初む寒牡丹

寒がりの父の胴着を脱ぎ始

北窓を開け父母の忌の近づきぬ

もうここに蕗の薹出て母恋し

やはらかき幼子の髪水温む

風生忌一透忌来て春が来て

賀茂川の流れに沿へる花堤

花冷の夜を走り抜け救急車

連翹の咲くといづこも明るくて
幼子の靴たんぽぽを踏みて来る

風光る母校に山路めくところ

余花といふ言葉覚えて余花見上ぐ

短夜の命の証嬰の泣く

父の手と似てきし我が手水を撒く

庭に揺れ父の思ひ出風知草

桑の実や母やすらかにまどろめり

点滴を見つめ続けて明易し

紫陽花の登山電車に触れて揺れ

子規庵の糸瓜の花の吹かれをり

青蔦に明治を偲ぶ迎賓館

新内の三味を流して屋形船

ヨガ巡礼　八句

麦の秋インドの夕日大きかり

沐浴の夏のガンジスサリー着て
外つ国の蟻もともかく忙しなく

靄深くインドの夜明け風涼し

滴りの洞窟深く聖者住む

炎天の石窟インドの歴史秘め

ヒンドゥーの神の祠にカンナ咲く

山深くヨガ巡礼や月赤し

雲の峰ウルルに神の在せる

水の都ベニスの夏の野菜船
大海の一粒の泡ダイビング

緑濃き朝より忙しウォール街

カーテンを閉ざし白夜を眠りをり

要塞の火炎樹燃ゆる馬車を駆け

島どこも教会のあり鐘澄める

秋天にモスクの祈り響きけり

灯を消してシドニー湾の大花火

秋潮に人魚のごとく潜りけり

銅葺きの屋根の落ち着き庵の秋

神父の手吾の頭に露けしや
爽やかにいつも在りたしわが心

男富士すつくと立てる芒原

風生庵近き花野に句碑除幕

父遠く母はた遠く秋の富士

太鼓鳴る安産祭の神輿出る

鈴虫の音に誘はれて法師の湯

秋濤の残して行きし虚貝

旅一夜明けて秩父の紅葉濃し

千年を耐へし屋久杉冬に入る

短日のホールインワン夢のごと

湯気立てる人形焼や町小春

小春日や双子の無事に誕生す

子も孫も背負ひ育てし木の葉髪

町の灯のぽつんぽつんと見えて冬

晩学の落葉深きを踏み行けり

錆色のメタセコイアの冬木立

幻影のごとくに夜の樹氷林

暖炉燃えカナダの遅き夜明けかな

雪降ると聞けば心の浮き立ちて

都鳥群れて水上バスを追ふ

思ふこと八分目にして年送る

朴の花

平成二十一年～二十五年

かく生きてこの道を行く恵方かな

漆黒の闇より現れし修二会の炎

お松明欄干一気に走り抜け

猫が好き俳句大好き風生忌

柔らかき水輪に春の光差す

ひたむきな真砂女の一世雛の日

道中着に替へて遍路の始まりぬ

般若心経唱和清しき朝桜

城垣の反り美しき花明り

大手毬小手毬揺らす谷戸の風

躑躅燃ゆ尼将軍の墓所

釜揚げの若布や深き海の色

花樒渡り窯師の無縁墓

海猫鳴くや茅花流しの島の朝

芽柳に幟の吹かれ芝居小屋

うららかや秋篠窯の藍深き

春雨や剃落すすむ弥陀の衣

寂といふ悟りの境地沙羅の花

両陛下と聴く「未完成」合歓の花

パラグライダー触れさうに過ぐ雪解富士

山寺へ磴数へつつ余花の雨

牡丹の今にも解けてしまひさう

一つ咲き一つは錆びし朴の花

老木のいよいよ高く朴咲けり

若葉燦燦花鳥諷詠とこしなへ

紫陽花のだらだら坂や海展け

飛鳥の船旅　五句

妹の車椅子押す巴里は初夏

母の日を巴里に迎へて旅遠し

顔のなき遺跡の像や炎天下

海霧押して朝のコーチン入港す

喧騒の街トラックにバナナ積み

蕉翁の真筆清し夏座敷

厨子王や安寿や哀し蟬時雨

桐咲くとみちのくの旅弾みけり

飯坂の寂れし宿に河鹿聞く

泳ぎ子に波風やさし神津島

句を知りて薔薇と言ふ字の好きになり

顕微鏡覗く子供ら夏休

鬼女と化け芒が原の夏芝居

草踏めば湧き出づるかに虫の声

門火焚く炎の中に父母在す

百年の土間広々と走り蕎麦

風生の赤富士今日も大いなり

爽やかに富士を間近に風生庵

姨捨や月待つ琵琶の染み渡る

名にし負ふ姥捨山の月を待つ

網笠の紅紐艶に風の盆

鎮もれる多摩の御陵の新松子

鎌倉に五山のありて紅葉晴

鳴子峡奥の奥まで谷紅葉

吊行灯点して待てる観月会

雁渡る蓮如上人御坊跡

学園に琴の音響く文化祭

半眼のみ仏拝す冬灯

水仙の伸び放題にして盛り

ホットワイン雪降る夜の円居かな

奉納の繭に冬日の差しにけり

面取れば皆老いてゐし里神楽

天鵞絨のコートの似合ふ加賀の人

現世の不浄を流し冬の滝

喜多院の梵鐘の音も冬ざるる

祇園祭

平成二十六年〜二十八年

高麗屋三代映す初鏡

初芝居間髪入れず柝を打てる

伊達衿の色むらさきに初詣

初暦富士の高嶺の匂ふごと

二の替つつころばしに笑ひもし

曙の国生みの島春立てり

上皇のご下火《あこ》の跡や梅白し

たまゆらの光を集め梅ふふむ

料峭や松葉こぼるる安徳陵

淀君の無念の城や鳥雲に

朧夜の藤十郎のお初美し

コミカルなフィガロのオペラ春の宵

若者の小町通りやミモザ咲く

春一番二番三番佳き知らせ

満願の遍路に高野の道親し

リラ咲くやポールラッシュの開拓史

売られゆく牛の眼やさしすみれ草

薫風や輿の華やぐ斎王代

絢爛の勅使の馬も賀茂祭
聖五月王子のお名前ルイといふ

臈たけし皇后さまの薄衣

父の日の父に抱かれ詣道

臨終の母の看取りの明易し

花合歓や母のやうにはなれなくて

どこまでも青信号や緑さす

遥かより潮騒届く貝風鈴

手力男命《たぢからを》注連断つ富士の山開

行衣干す秋海棠の御師の庭

宵山の雨に八坂の朱の御門
月鉾に揃ひ浴衣の乗り出せる

長刀鉾息整へて辻廻し

裃のまだ少年や鉾に添ひ

黒潮に特攻偲ぶ草いきれ

灯涼し島に本場の黄八丈

殉教の地にサルビアのいよよ濃し

秋扇をきつぱり閉ぢて話題替ふ

一人見るフランス映画夜の長き

夜の更けし御岳の坊の月明り

「千鳥」弾く琴の調べも観月会

方丈にセラピー教室小鳥来る

金風の正倉院を拝しけり

尼寺の皇女の墓に貴船菊

君の行く句の道共に紅葉晴

秋深む一病神の諭しとも

風音の幻住庵に秋惜しむ

教会の小さきオルガン火恋し

文豪の終の棲家や冬に入る

北極にて　四句

氷上に轟音迫り砕氷船

月面のごと北極の雪の原

雪原に生きて孤高の雄熊かな

氷原に母追ふ熊のいとけなく

この浦に滅びし平家冬桜

狐火の出さうな雨の祠かな

ヴィオラ弾く男の一生冬の月

山茶花や少年兵の墨の遺書

零戦を間近に展じ冬木の芽

征く日まで筆傾けし人の冬

小止みなく雪積む無言館の窓

幻の越後上布や雪晒

ふんはりと毛糸着てをり水子仏

解脱門くぐりて仰ぐ冬紅葉

木下春描く天秀尼冬うらら

神崇め仏敬ひ降誕祭

先走るピッコロの音クリスマス

寒稽古「奥の細道」朗読す

うす絹を重ねてほのと寒牡丹

ダイヤモンド婚

平成二十九年〜令和元年

元朝の威儀を正しく正信偈

心柱貫く塔の淑気かな

偕老の齢を重ねななづな粥

朱の袱紗凜と捌きて初手前

1コース一人占めして初泳

姉妹の母の年越え女正月

盆梅の白加賀なりし香の満ちて
紅梅も薄紅梅も築地越し

鎌倉の縁に集ひ風生忌

越天楽海に響きて流し雛

二条城仰げば春の星一つ

初花に己が命を惜しみけり

ひともとの枝垂桜や皇后陵

深吉野に釈迦三尊のご開帳

仏像を彫る手を休め花の昼

銅板の踏絵のにぶき光かな

菜の花やまだ働けることうれし

ダイヤモンド婚迎へしよりの春惜しむ

緋縅の緋の色今に武者人形

鈴蘭の音なき鈴の風に揺れ

和顔施てふ仏の教へ沙羅の花

日めくりに「生涯現役」新樹光

梅雨兆す紅殻壁の裏通り
だんじりの見せ場もつとも遣り廻し

だんじりの夜を徹して二百灯

甘え寄る斑のまだ淡き鹿の子かな

緑陰にクロワッサンとコーヒーと
リヤドロの少女ほつそりアイスティー

石庭の影みなゆがむ蟬時雨

光りては飛竜となりて滝落下

クリムトの金色の女薔薇の雨

誕生日派手な水着を新調す

年重ねなほ美しく泳ぎたし

美しき己を知らず熱帯魚

病む友を思ひ茅の輪をくぐりけり

手廻しでＳＰを聴く夜の秋

デイゴ燃え今日また祈る沖縄忌

月見草御坂峠に富士仰ぐ

地蔵盆終へし厨の片づかず

夕照に影絵のごとき雁の棹

秋澄むや沼は瑠璃とも翡翠とも

天高し森を育てし男の碑

登り来し三番札所葛の花

戸を少し開け秋風をみ仏に

霧籠の坊の夜明けに瞑想す

流鏑馬の少年凜々し竹の春

野分あと観測船の帆を畳み

老一人網を繕ふ昼の虫

故郷に太鼓の乱打浦祭

白みゆく田圃に覚むる鶴の声

庭火爆ぜ真闇切り裂く神楽笛

式一番星の舞にて神楽開く

夜神楽を一眠りして又見もし

夜神楽や紙の雪降る舞ひ納め

音冴ゆる第二楽章「新世界」

七五三手を引く母の身ごもれる

冬晴の半僧坊に富士拝す

流氷の風に流れて海碧き

爛々と孤高の眼尾白鷲

凍鶴の深き眠りに身じろがず

丹頂の嘴開けて歌ふかに
春を待つオシンコシンの滝の音

顔見世

令和二年〜三年

見つめ合ふ連獅子の情初芝居

後見の正座清しき初芝居

成田屋の荒事で開く初芝居

飾凧ロビーに高く初芝居

「らくだ」てふ芝翫の芸に初笑

朗読劇「モチモチの木」

寸劇の爺《ぢ》さまになるも梅のころ

スイートピー少女おしやれを競ひ合ひ

ドクターに心ときめきシクラメン

誰とでもいつも仲良しチューリップ

木蓮の無垢の白さを畏れけり

老いといふ未知の世界や月朧

鎌倉に抜け道多し白椿

太刀持ちの子役むずむず蝶の昼

語り継ぐ「青葉の笛」や春寒く

春塵の書架に初版の「羅生門」

横綱のごとき筍届きけり

薫風や姿勢正して気を通す

母の日やいつも心に母のこと

父の日や明治の父に育てられ

鍵盤に指の吸ひつく梅雨じめり

遠廻りして路地奥の薔薇の家

お風入風生句集全十巻

夏蝶の木立の奥のクルス墓

竹伐の僧と鉄索乗り合はす

法螺の音の鞍馬を渡る竹伐会

竹伐会切り口青く匂ひけり

色褪せしモネのTシャツパリー祭

篠田桃紅書展

羅や百八歳の和の書艶

正客や良寛釜の風炉点前

火焔負ふ不動の黙す暑さかな

菊五郎老いし勘平眼の涼し

吉右衛門休演といふ梅雨の月

病葉や人には言へぬこと抱へ

「吉兆」の簾の奥の静もれる

頭撫で鵜縄たくみにかけにけり

篝火に若き鵜匠の黒烏帽子

藤田桜ご夫妻

色鳥や秀と桜の二人展

保坂伸秋先生を偲んで

爽やかに真直に生き召されけり

黄落の光の中のマリア像

歌舞伎座に一番乗りや菊日和

味噌椀に引く貝割菜父好み

篠笛の指を巧みに月今宵

竜頭のしづしづ進む月見かな

秋の日のチェーホフ演じ老女優

あかつきのヨガの倒立草の花

ハロウィンに灯るウィンドー童話めく

秋風や帯を小粋に低く締め

秋深む賽の河原に小石積み

乙女らに体拭はれ馬小春

教皇の祈りの深き冬の薔薇

大内迪子さんを偲んで

冬薔薇のクルスの墓にやすらけく

綿虫や明智一族眠る墓

咳するや節々痛み子規思ふ

ヅカを見て枯葉の舞へる日比谷かな

顔見世や母の形見の帯締めて

東京は眠らざる街冬の月

句集　春が来て　畢

あとがき

父風生の身近にいながら一度も俳句を作ろうと思わなかった私が、兄夫婦と主人の四人でカナダの紅葉を巡る旅をしたときに、あまりにも美しかったので、思わず五・七・五と俳句を作っていたのです。

そんな私ですが、良き師、先輩、友人に恵まれこの二十年俳句を作って参りました。

今年数えの米寿を迎えることになり、この度思い出としてまとめてみることに致しました。

つたなく、とても皆様にお目に掛けるような作品ではないのですが、嬉しいにつけ悲しいにつけ、常に俳句は私に寄り添ってくれました。その一句一句が懐かしく、いとおしく分身のような気がしております。

私には三人の父と三人の母が居りますことから、私の人生に深く係わったこの父母達のことを詠んだ句が自ずと多くなりました。

　今回句集を編むに当たり、鈴木主宰にはお心こもる序文を頂き、まことに有難うございました。

　句集の作り方を何も知らない私に、福神規子様、小長谷敦子様が大変お力添え下さいまして、お礼の言葉もございません。

また、装画には私の尊敬する藤田桜様の作品を頂戴して、美しい本が出来上がりましたことはこの上ない喜びでございます。

　これからもどれだけ生きられるか、生かされるか分かりませんが、楽しい俳句作りを皆様とご一緒にしていきたいと思います。

　知らずしらずの内に俳句の道に導いてくれました亡き父に心より感謝しております。

令和四年三月

遠藤風琴

著者略歴

遠藤風琴（えんどう・ふうきん）本名・文子

昭和 10 年 8 月 6 日　東京生れ

平成 13 年より　「若葉」「岬」投句

平成 15 年　「栃の芽」投句

　　　　　　上智大学俳句教室入門

　　　　　　「若葉」「岬」「栃の芽」同人

平成 29 年 1 月　「雛」かぎろひ抄投句

平成 30 年 9 月　「雛」雑詠欄投句

俳人協会評議員

風生庵支援協議会理事

平成 4 年『富安風生全集』全 10 巻・講談社刊

平成 23 年『富安風生の思い出』編・講談社刊

現住所　〒171-0014 東京都豊島区池袋 2 丁目 24-24

シリーズ綵 14

句集 春が来て はるがきて

令和四年七月十六日 第一刷発行

著　者●遠藤風琴
発行人●西井洋子
発行所●株式会社東京四季出版
〒189-0013 東京都東村山市栄町二―二二―二八
電　話 〇四二―三九九―二一八〇
FAX 〇四二―三九九―二一八一
shikibook@tokyoshiki.co.jp
https://tokyoshiki.co.jp/
印刷・製本●株式会社シナノ
定価はカバーに表示してあります。

ISBN978-4-8129-1060-3
落丁本・乱丁本はお取り替えいたします。